**Pedro Maciel**

# COME HO SMESSO
# DI ESSERE DIO

postfazione

**ANTONIO CICERO**

# COME HO SMESSO DI ESSERE DIO
Pedro Maciel

Traduzione di
Cristiane Pieterzack

postfazione
Antonio Cicero

ISBN: 9798813639579



Edizione di ebooks

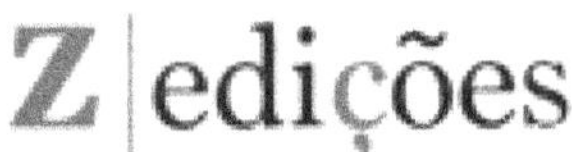


www.zedicoes.com

*L'uomo è un Dio quando sogna, ma è un
mendicante quando riflette.*
Hölderlin

*Dio è l'anima dei brutti.*
Anonimo

*Senza Dio tutto è niente;
e Dio? Il nulla supremo*
E. M. Cioran

# Prologo

(…): alcune civilizzazioni sono state estinte in un colpo d'occhio. *Noi, civilizzazioni, sappiamo ora che siamo mortali.* **Il mondo si trova in permanente movimento; le condizioni climatiche si deteriorano velocemente.** *L'uomo considera assurda la natura, la giudica misteriosa, madrina. Dobbiamo agire di modo a non trasgredire mai le leggi universali della natura; ma, salvaguardate queste leggi, dobbiamo rassegnarci alla nostra natura individuale.* **Tutto è provvisorio. Non dare ascolto agl'indovini. Non vi è un mondo da scoprire. Il mondo è già stato scoperto.** (…): questo mondo mi sembra non essere il mio mondo.

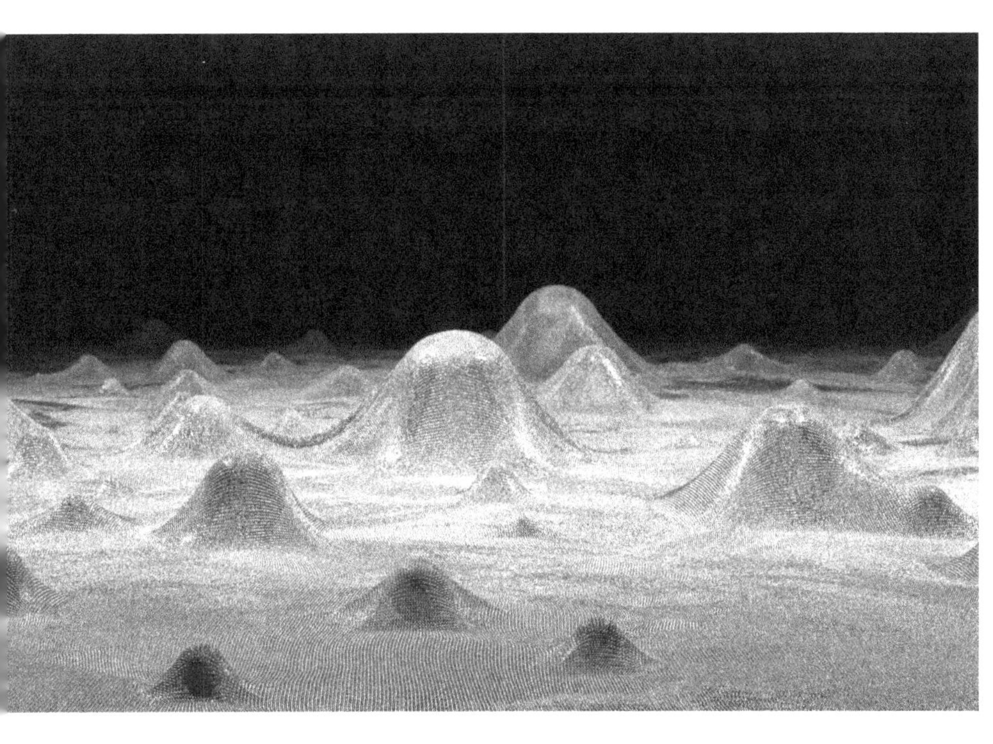

3

**Il pensiero è lo spirito del tempo.** Tu, chi pensa di essere? – *Paesaggi, cioè nessuno.*


7

Egli pensa di essere Dio, ma è solo un povero diavolo. (…): *i pazzi conservano tristezze ancestrali.*


8

Cos'è che ci impedisce di costruire ponti sopra i vuoti? **Metafisica è ricordare il mondo: fisica è ricordare il mondo tutto il tempo.**

9

*- Saresti come dèi, conoscendo il bene e il male.* **Da parte mia, solo esisterebbero dèi umani; dèi sono già troppo disumani.**


10

**(...) sento ancora il rumore dell'universo nel passaggio di una nuvola.** *L'universo è un mistico senza Dio.*


11

'Tempo' è la storia dell'immagine e la memoria del paesaggio. **La memoria sempre crea dimenticanze.**

13

*Talete, il primo a indagare sulle divinità, ha considerato Dio come uno spirito che dall'acqua crea ogni cosa.* **Alcmeone ha dato divinità al sole, alla luna, agli astri e all'anima.**


14

*Pitagora ha fatto di Dio uno spirito sparso nella natura di tutte le cose di cui le nostre anime emanano;* **Parmenide, un circolo accerchiando il cielo e sostenendo il mondo con il calore della luce.**


15

(…) la luce, come la luna, immagina azzurro il cielo.

**L'ombra del sole avanza nel tempo.**

16

**Empedocle diceva esseri Dio i quattro elementi di cui sono fatte tutte le cose;** *Democrito diceva essere dio ora i segni celesti, ora le costellazioni e i loro movimento circolare, ora, la natura che proietta quest'immagini, e dopo, la nostra scienza e il nostro intendimento.*

17

*Platone disperde la sua fede in diversi modi: dice in "Timeo" che il padre del mondo non può essere designato; in "Le leggi", che non dovremmo indagare sul suo essere; e altre volte, in questi stessi libri, rende dèi il mondo, il cielo, le stelle, la terra e le nostre anime.* **Grazie a Dio che nessuno è Dio!**

18

I miti mi annoiano; mi capisci? **Il diavolo è una versione di Dio; Dio, un verso del diavolo.**

19

**Espeusipo, il nipote di Platone, dice che Dio è una forza determinata che governa le cose e che questa forza è animata;** *Straton dice che egli è la natura con la forza per generare, aumentare e diminuire, senza forma né sentimento.*


20

*Xenocrate afferma che ci sono otto dèi: i cinque nominati tra i pianeti, il sesto composto da tutte le stelle fisse come si fossero i loro membri, il settimo e l'ottavo il sole e la luna.* **Diogene di Apollonia dice che Dio è il tempo.**


21

(...): Non mi importo delle cose perse ma del tempo perso. **Il vento non ha mai restituito il mio tempo.**

22

**Ariston trova incomprensibile la forma di Dio, lo priva di senso e ignora se è animato o qualcos'altro;** *Cleante, rivolge preghiere alla ragione, al mondo, all'anima della natura, al calore supremo che coinvolge e circonda tutto.*


23

*Perseo, discepolo di Zenone, sostenne che gli dèi erano state cognominate quelli che avevano portato alcuni notevoli benefici per la vita umana.* **Dio è l'unico essere che per regnare non ha bisogno nemmeno di esistere.**


24

(...); gli dèi non hanno dio quando ricordano degli uomini. **L'oblio è un'allegoria della memoria.**

25

*Crisipo aveva una visione confusa di tutte le opinioni precedenti e includeva tra le mille forme considerate divinità anche gli uomini che sono stati immortalati.* **(...) coloro che adorano gli dèi hanno un potere terribile.**

26

*Gli dèi, già non essendo più, e il Cristo non esistendo ancora, da Cicerone a Marco Aurelio c'è stato un momento unico in cui l'uomo è rimasto solo. (...):* **nel profondo del suo cuore, l'uomo aspira a riscoprire la condizione che aveva prima di possedere la coscienza. La storia è semplicemente una deviazione che egli prende per arrivare proprio lì.**

27

**Mio fratello minore si è ucciso per diventare Dio.** *(...) per ora questo è ancora il tempo della tragedia, il tempo delle morali e delle religioni.*

28

**: per amore di Dio si va all'inferno.**
Dio è un *buon Diavolo.*


29

*Quanto a me, ho sempre pensato che gli dèi esistono e lo proclamerò sempre; ma non penso si preoccupano di ciò che fanno gli uomini.* **Vivere con il tempo sospeso, come un dio.**


30

**(...); ormai da "secoli" nessuno annuncia la fine del mondo.** *Io sono il mio mondo.*

31

*(...): delle divinità alle quale è stato dato un corpo affinché la gente potesse avere una religione in mezzo a questa cecità universale, mi sembra che mi sarei collegato più facilmente a coloro che adoravano il Sole.* **Un giorno, fuori dallo spazio e dal tempo, saprò dove si trova, perché e quando e se lì è il Sole.**

32

*Sono Alpha e Omega, l'inizio e la fine, dice il Signore Dio: colui che è e che era e che verrà ad essere, l'Onnipotente.* **Se Dio esistesse, tutti quanti lo saprebbero.**

33

Il dimenticare come hobby. **L'occhio della memoria con il tempo inizia a indossare gli occhiali.**

34

I mistici "pensano" che la realtà sia oltre ogni pensiero. **Io penso molto al pensiero (...).**

35

**Lo spirito rimane nel tempo e non nello spazio.** *Non ho mai avuto un'altra prigione oltre al mio corpo.*

36

*(...) utopia: cercate il regno di Dio e tutto il resto vi sarà dato.* **Per un giorno ho creduto che tutto potevo.**

37

Il pensiero è sempre oltre il corpo. **Il linguaggio è la maschera del pensiero.**


38

**(...); i cometi nascono con i loro obiettivi già fissati.** *Niente più fuorviante che la superstizione che copre i suoi crimini con la volontà degli dèi.*


39

**"Io" sono morto nel 2046.** *Non c'è tra cielo e noi un'alleanza così grande che con la nostra morte. Anche la luce delle stelle deve morire.*

(...): osservava con attenzione ogni lampo che si tuffava nel lago; ci teneva a misurare l'estensione dei raggi per scoprire con quanti specchi si chiarisce una notte. **La sua ora non è di questo tempo. Ieri ha perso un passato e ha corso per essere in anticipo, ma non si è fermato lì come se fosse un prima.** Ha continuato a percorrere, a correre, a vivere e a morire ogni giorno. Ogni giorno è una memoria.

41

**Il sogno, questa fuga dalla solitudine.** *Molte volte non distinguo il pensiero che ho avuto prima di dormire. Non so se ho dormito.*

43

(...): se non c'è un sogno, ci sono molte realtà ad essere realizzate. **L'incubo è un oracolo.**

44

(...); Mi sono svegliato con un incessante mormorio, una voce che non sentivo da un po', rumore del vento invisibile; rumore quasi impercettibile. **Ereditiamo dagli antenati il sentimento e non il pensiero.**

45

**Egli non sa chi è stato, chi sia e chi potrà essere.** *A volte ti guarda come se fosse un altro, pur essendo lo stesso di sempre.*

46

Non mi infastidisco mai delle mie profondità. **L'altro giorno ho fissato il Sole per molto tempo; mi sono quasi accecato.**

47

**A volte mi sento come Dante tornando dall'inferno.** Ci sono teste che anche se tagliate, emettono pensieri.

48

**Ha messo fine alla propria vita per una questione di principi.** *Se, al momento della morte di un uomo, tutta la compassione degli altri uomini si unissero per impedirgli di andarsene, quest'uomo non morirebbe.*

49

(...): sopravvivere oltre il mio tempo. **Il tempo è così lontano da me.**

50

**Non sono di questo mondo.** *(...): nel mondo si deve vivere con il mondo.*

51

(...): passa ore e ore all'ombra di un albero osservando la propria ombra. **La mia ombra non usa mai maschere.**

52

È arrivato ieri ma ha già rubato il tempo a tutti noi, come sempre. **La giornata di oggi se ne è già andata.**

54

Non perdere tempo con i ritardatari! **I tempi sono remoti; solo la vita è recente.**

55

**– Le giornate (il tempo) è la storia della memoria.** Non so se devo tornare o mi ribellare.

56

**Il silenzio, lo spazio interiore del tempo.** *So di avere il tempo e lo spazio migliori – e so che mai sono stato misurato, ne potrò mais esserlo.*

57

**(...): voglio essere cremato e le ceneri gettate al vento. Non seppellirmi in un giardino di erba**cce e di epoche non più memorabili; *da me arrivano ricordi che non voglio e non mi arriva l'oblio che desidero.*

## 62

**Ognuno parla di se stesso come se fosse il migliore degli esseri umani.** *Niente è così difficile quanto non ingannarsi a se stesso.*

## 63

*Guardo il cielo come se in esso si occultasse una delle porte dell'inferno.* **I ciechi abbattono le stelle.**

## 65

**(...); di cosa ho sofferto di più?** Forse del solito abito di sviluppare tutto il mio pensiero – per andare fino in fondo dentro me stesso.

66

(...); c'è chi nella luna calante guarda male gli altri. **Coltiva un nemico per nel futuro perdonarlo.**


67

*(...) non c'è argomento che non abbia un contrario.* **La contraddizione muove il mondo, tutte le cose contraddicono se stesse.**


68

(...): un giorno attenterà contro il tempo. **Il tempo è una favola del pensiero.**

69

**Vado perdendo tempo, come Marcel Proust.** *Il tempo passa nel momento in cui qualcosa è lontano da me.*

70

**(...) all'inizio, gli dèi hanno creato cieli e terra.** *Ho provato a scrivere il Paradiso: non muoverti, ascolta il vento, questo è il paradiso (...).*

72

**Il diario, questo tempo dove ci si può nascondere della vita.** *Il tempo scorre nel cuore della notte.*

73

**(...); Provo ancora a sentire l'esplosione che avrebbe dato origine al cosmo.** *Prego Iddio che mi salvi da Dio.*


74

**: negli ultimi tempi il sole cammina con la testa tra le nuvole.** Ammiro le nuvole che vengono da lontano ma che non so dove vanno.


75

**Paesaggio – (illusione dell'immagine).** Un infinito per ogni sguardo.

76

**(...): astrofisici, matematici e musicisti non riescono a liberarsene delle loro astrazioni esatte.** *È normale che io mi senta strano.*

77

**Lirica: la logica ha la sua magia.** *È già stato detto che Dio ha potuto creare tutto tranne ciò che contradice le leggi logiche. – È che non saremmo stati in grado di dire come sarebbe un mondo "illogico".*

78

**Ogni tanto il mondo si stupisce.** *(...); Ti ho visto lì dove sono la terra e il cielo.*

79

*(...): prima non sapevano nulla della glorificazione del pensiero in altri, del vivere per gli altri, che è ora abituale.* **Non conosco umanista che sia anche moralistico.**

80

*(...), un uomo medio non si preoccupa affatto con un altro essere vivente con la stessa intensità e persistenza che si preoccupa per la sua auto.* **Il moralista è immorale.**

81

*(...); secondo la nostra moda morale, loro dovrebbero essere chiamati immorali perché hanno combattuto con tutte le forze per il loro ego e contro l'empatia verso gli altri (specialmente verso le loro sofferenze e debolezze).* **La morale; psicologia pura.**

82

**A nessuno piace prendere lezioni di morale; a me piace prendere la coca-cola.** *(...) Ho fatto solo quello che mi sento di fare; la vita mi sembra perfetta.*

83

*I vizi di prima divennero le usanze di ora.* **Perché tornare ad essere me stesso?**

84

**Il moralista ha una memoria breve.** Dal punto di vista morale, viviamo ancora nell'era neolitica, cioè non siamo completamente burberi e tuttavia non abbiamo ancora lasciato una fase di maggiore rusticità che possa giustificare qualsiasi celebrazione.

85

**Orlando trascorreva ore e ore guardando le occhiaie in Virginia.** *Gli sguardi del tempo.*

86

Vivo alla cieca. **La mia ombra guarda a posto mio.**

87

**(...); il prossimo ci guida fuori di noi stessi.** Non dimentichiamo più le cose passate, dopo averle ricordate.

88

**Il mio amico Virgilio si è annegato nel tentativo di salvare Ulisse e Penelope.** Il mare non era propizio ai pesci.

89

**Saranno i venti del mare il pensiero degli dèi?** Quando morirò, tornerò per prendermi i momenti che non ho vissuto al mare.

90

**(...); oggi ho preso la giornata per provare sensazioni istantanee: sensazioni che sono la percezione del tempo che ha dato origine al mondo e da allora quasi tutto è successivo.** *Dèi, non giudicatemi come un dio ma come un uomo devastato dal mare.*

91

**Ci sono giorni che dimorano più tempo negli altri.**
*Esistenza come intrattenimento?*

92

**– È sempre bene esserne a una certa distanza del prossimo.** *Dopo alcuni accessi di eternità e febbre, ci chiediamo per quale motivo non ci degniamo di essere dio.*

93

**Il tempo presente è già lontano da noi.** Ore ferme; vento tra le foglie.

95

**Crepuscoli di aprile non hanno luce propria.**
*Conosco molto bene i miei abissi di luce.*


96

**Come non dubitare dei fulmini?** Domani è per domani!


97

Passeggiare con la nuvola ormai senza aria. **Il cielo finge di dormire.**

100

**È "abbagliato" come qualunque 'dio'.** Sono sconsolato con la mia solitudine; già non mi sento più così solo.

101

**(...); cosa ho perso se non il tempo?** *Nessuno ha vissuto nel passato, nessuno vivrà nel futuro; il presente è la forma di ogni vita.*

102

**Ciò che non è pensato è anche pensiero.** *Non pensiamo mai che quello che pensiamo ci nasconde ciò che siamo.*

115

**(...): faceva attenzione a ogni fulmine che si tuffava nel lago;** insisteva in misurare l'estensione dei raggi per svelare quanti specchi servono per schiarire una notte.


116

**La sua ora non è di questo tempo.** Ieri ha perso un passato e corse per andare avanti ma non si fermò lì come se fosse un prima.


117

(...) ha continuato a percorrere, a correre, a vivere e morire ogni giorno. **Ogni giorno è un ricordo.**

119

**Gli idioti non mentono mai.** *Un uomo è sempre vittima delle sue verità.*

120

**Il pensiero inventa il linguaggio; il ricordo reinventa il paesaggio.** *La vita è filosofia reale e la filosofia è vita ideale.*

121

**Ieri ho visitato il paese in cui sono nato; nessuno mi ha riconosciuto.** *Dio non si rivela "nel" mondo.*

139

Non ho mai cercato un posto dove arrivare. Chiedo invano dove andare. **Solo il tempo arriva!**

143

**(...): i matti non hanno mai potuto circolare liberamente al centro della città o nelle zone circostante della mia città.** Molti sono morti fingendo lucidità.

146

*Ciò che mi fa ridere non sono le nostre follie; sono le nostre conoscenze.* **Cosa vuole il tempo? Sospirare. Cosa vuole il tempio? Conservare.**

151

I ricordi hanno imparato a dire addio.
**Ogni dimenticanza è una finzione
del pensiero.**


158

(...): molto spesso le mie parole non
avrebbero dovuto essere state dette; tante
volte la ragione è stare zitto. **Il silenzio
assorda il dolore.**


159

**(...); era ancora l'alba quando ho
sentito maturare i primi frutti
del giorno.** Alla mia ombra non piace
prendere il sole.

166

**Pomeriggio: il finito cade al momento giusto.** *Ho bisogno di tempo per essere breve.*


167

Vivo improvvisando ricordi. **Ci sono momenti in cui penso senza pensieri.**


168

La realtà, questo tempo recente; **metafora dell'esistenza.**

178

**La memoria è l'illusione del pazzo.** I ricordi parlano per me; sento tutto in silenzio.

180

**Dove posso essere solo un essere astratto?** Quando la parola recupera il suo senso esatto?

187

**(...); la consapevolezza di sentirsi felici.** *Perché per essere felici non si deve saperlo?*

193

**Disimparare: insegnare a te stesso.**
Chi crede che non possiamo sapere nulla
non sa neanche se sappiamo abbastanza
per affermare che non sappiamo nulla.

197

Il sogno, questo momento in cui non sono
nessuno. **(...); ora mi concentrerò
per aprire gli occhi e non
disturbare il paesaggio.**

256

**Ogni esistenza è una leggenda
del tempo.** Tra me e il fantasma,
mi sembrava che uno di noi dovrebbe
scomparire...

333

(...): **Dio, ispirazione dei pazzi.**
Leggere ad alta voce le poesie infastidisce
gli dèi pensionati.


488

*Sto cercando me stesso!* **Ho tutti
i sogni del mondo; ma non so
proprio come realizzarli.**


500

Osservare-paesaggi: il "tempo" non
appartiene a nessuno. **Che c'è in
questa ombra soleggiata se non
io?**

525

**Ieri ho provato di non esistere dentro di me.** Non ci è volto molto tempo.

545

L'intera storia è una conversazione quotidiana. **Il passato come promessa.**

547

*Un uomo senza speranza e consapevole di esserlo non appartiene più al futuro.* **Egli fa della sua "di- speranza" una convinzione.**

552

**Giorno senza nuvole, chiaro, blu; è il passaggio del tempo.** *Guardiamoci negli occhi (...).*


566

**L'oscurità, questo arco di tempo.** *Morire, dormire, forse sognare.*


595

**(...), il diario racconta quasi tutto; la vita come unica via d'uscita.** *Voglio vivere nel participio imperativo del futuro, nella voce passiva – nel "Deve essere".*

650

**(...), il sentimento è sempre un pensiero che non ha avuto il tempo per esprimersi in un altro modo.** *L'espressione inizia dove finisce il pensiero.*


677

*(...); pensare è reimparare a vedere, dirigere la propria coscienza, trasformare ogni immagine in un posto privilegiato.* **A volte immagino ricordi senza immagini.**


705

Memoria, un fiume che scorre e scompare. **Il tempo perso; vita aggiornata.**

753

(...); cosa sono ancora queste chiese se non mausolei e tombe di Dio? **Io sono il dio di me stesso.**


770

*Dio non può fare nulla senza di noi.* **Il sogno di Dio è vivere la mia vita.**


807

**Sociologia: condurre una vita di dimenticanza.** Ci sono alcuni giorni in cui mi sposto fuori da me stesso.

828

**È necessario avere fiducia nella mancanza di speranza.** Non mi aspetto niente dagli dèi; anche loro non aspettano nulla da me.

900

**(...): Non ho ancora visto nessuna immagine che non sia un ricordo di un paesaggio.** *Sono la coscienza del paesaggio.*

913

*Chi raccoglie un fiore disturba una stella.* (...); **la delicatezza dello spirito di maiale.**

921

*(...): le parole vanno dove le porta il pensiero;* i pensieri iniziano a pensare, a camminare quasi senza fermarsi, non si sa il perché, se di solitudine, se di passione. Sarà che questo pensiero ha a che fare con quello che sto pensando? **Il linguaggio sempre nasconde il pensiero. A pensarci bene, dobbiamo fermarci per pensare.** Nessuno può salvarci dai nostri pensieri.

929
(...): quando sono solo, riempio i vuoti
lasciati dagli altri. **Silenziare per
disincantare.**

931
**Ogni notte è un oriente.** Il giorno,
un'eternità.

937
Non penso di tornare all'"aldilà"
per rivivere quello che già "era".
**L'eternità è già.**

977

*Mio Dio, perché mi hai abbandonato?*
**(...) nel fondo del lago, un naufrago.**


999

(...): il tempo passa sempre più lento che il pensiero. **Noi pensiamo che siamo eterni.**


1020

**Il tempo è paesaggio, perché è spaziato.** (...); a volte non so se il tempo è immaginato da me o se è vissuto in me.

1144

Speranza: antropologia del sentimento, pensiero del disperato. **Si può dire cha la sua speranza è la rovina del suo destino.**

1146

**Inventa altri nomi per le cose; chiama la mattina pietra, il pomeriggio luce e la notte offuscamento.** *Non in tempo, ma nel tempo, Dio ha creato i cieli e la terra.*

1148

**: l'anima deve tormentarsi per manifestarsi.** Gli dèi non dovrebbero rimanere senzatetto e le anime senza spettacoli.

1159

*Le persone si rivolgono a Dio per ottenere l'impossibile.* **Per ottenere il possibile, bastano gli uomini.**

1163

**C'è troppo ottimismo negli ignoranti!** *Ciò che gli uomini hanno più difficoltà di capire, dai tempi più remoti al presente, è la loro ignoranza su se stessi!*

1164

**I pensatori vivono lamentandosi di mal di testa.**
Sognare e poi ricordare: ecco il pensiero.

1200

Potresti ridarmi la mia rivolta? **Secondo la teoria della relatività, siamo esiliati del nostro proprio tempo.**

1210

Ogni ricordo è dimenticato in un altro ricordo.
**Memorabili dimenticanze.**

1220

Delusioni: alcune illusioni sono già nate senza luce. **Le ombre dovrebbero accompagnarci solo durante il tempo libero.**

1225
Perché tanti sforzi per essere come loro?
**Un giorno sarò io l'altro.**


1227
**: passatempi generano
contrattempi.** I tempi come sentenza.


1229
*(...); cosa vile e abbietta è l'uomo, se non
si alza sopra l'umanità.* **La sofferenza
dei poeti, artisti e santi diventa il
letame spirituale dell'umanità.**

1230

(...): fine del mondo: ruminazione mattutina. Resurrezione dei morti. Lamentazioni. Fiumi di lacrime. Sacrifici umani. Esercizi di stile. Giochi di sfortuna. Ponderazioni di Fedro. Evocazioni mitologica. La logica della scienza. L'inutilità dell'astrologia. **Consapevolezza di tutto. Il continuum del tempo; storia. Il tempo intero; esistenza. Ultima ora. L'ora dell'infinito. Tutto il tempo del mondo.**

1259

**Il destino non sempre ha un senso.** Il carattere di un uomo è il suo destino.


1265

Ogni tempo è una storia. **Ogni fine è un'immensità.**


1270

**(...): il sole sta asciugando il terreno bagnato dalle mie ombre.** L'ombra, illusione del tempo.

1300

**(...); oggi ho pensato ad alta voce quando un'ape disorientata cadde sulla mia zuppa.** *L'uomo pensa e Dio ride.*

1303

: disincantare nel tempo la solitudine. **L'infinito, questo tempo perfetto della solitudine**.

1313

**Quando sono nato, gli dèi erano già morti.** *Se potessi, dedicherei questo libro a Dio.*

1321

**Quanti dei miei lettori si rendono conto che questi scritti possono essere compresi nel modo in cui lo si desidera?** *La mia ambizione è di dire in dieci frasi quello che chiunque altro dice in un intero libro – quello che chiunque altro "non" dice in un libro.*

1322

**(...): ci sono scritti così sonori che possono essere letti ad occhi chiusi.** *Il vero lettore deve essere l'autore amplificato.*

1325

**(...), non scrivo sulla mia vita perché credo di vivere un'altra vita quando scrivo.** *Quando le storie sono adeguatamente raccontate non sono più necessari i romanzi.*

1333

**Mi ritrovo perché non ti cerco più?** *Durante l'inverno sono buddista e in estate sono nudista.*

1337

Ci sono ombre che vivono sospese nel tempo.
**Disombrare; calpestare leggermente nelle ombre.**

1339

Intrattenimento: penso sempre a quello spazio di tempo tra l'essere e il non essere. **Esso sembra provenire da un altro mondo che non il nostro.**

1340

*(...): le parole vanno dove va il pensiero.*

**I pensieri vanno via pensando, camminano quasi senza fermarsi, non si sa perché, se è per solitudine o per passione.**


1344

Sarà che questo pensiero ha a che fare con cosa sto pensando? **Il linguaggio nasconde sempre il pensiero.**


1353

A pensarci bene, dobbiamo fermarci per pensare.
**Nessuno può salvarci dai nostri pensieri.**

1363

**Sono a un passo per diventare un essere umano.** Per molto tempo mi sono sentito come se fosse un dio qualsiasi.

1365

**Un dio per ogni morto.** *Sono nato "molti" e sono morto "uno".*

1366

**Perché si vive una vita intera senza sapere il perché?** *Il tempo va via e gli anni arrivano...*

1500

Sono vicino alle mie distanze. **(...) i poeti sorvolano gli abissi.**

1600

**Tutto è filosofia ma non tutto è poesia.** *La filosofia potrebbe essere meglio espressa come poesia.*

1700

Quanto tempo perso dedicato alla raccolta dei ricordi? **Ci sono giorni che sono come poesie, sono inutili.**

1730

*(...); tra le operazioni dello spirito, la meno frequente è la ragione. Vagava dalla mattina alla sera cercando di dare senso al nulla.*

1733

**La pazzia è una maschera;** *non dare la colpa allo specchio per la tua faccia contorta.*

1821

Ha recuperato la salute mentale solo dopo aver dato addio agli dèi. **Il pensiero è il sentimento del mondo, non del tempo.**

1907

**Tutto nella vita è per approssimazione:** dalla matematica all'amore. Il tempo, lo lascio al vento.

1908

**Meditare; editarmi.** Non dice mai quello che sente o quello che pensa.

1909

**Cosa sanno di me?** *Ognuno forgia un dio per se stesso.*

1959

Il mondo non rinasce sempre all'alba, quando mi sveglio. **(...): domani sarò testimone della mia assenza.**

1968

**(...): la fine dei tempi annuncia altri "infine".** *La mia fine è nel mio inizio e il mio inizio è nel mio fine.*

1919

**(...): fine del mondo: ruminazione delle mattine.**
Resurrezione dei morti.

2000

(...): lamenti. Fiume di lacrime. Sacrifici umani.
**Esercizi di stile. Gioco d'azzardo.**


2009

Ponderazioni di Fedro. Evocazioni mitologiche. **La logica della scienza. L'inutilità dell'astrologia.**


2027

**Consapevolezza di tutto. Continuum di tempo; storia. Il tempo intero; esistenza.** Ultima ora. L'ora dell'infinito. Tutto il tempo del mondo.

2033

**Il sole ha un'ombra così illuminata
che la si può vedere alla luce
notturna.** Alcune civiltà si spensero in
uno sbattere le palpebre.


2041

Non ascoltare i divinatori. **(...) non c'è
un mondo da scoprire.**


2046

**Il mondo è già scoperto;** questo
mondo non sembra essere il mio mondo.

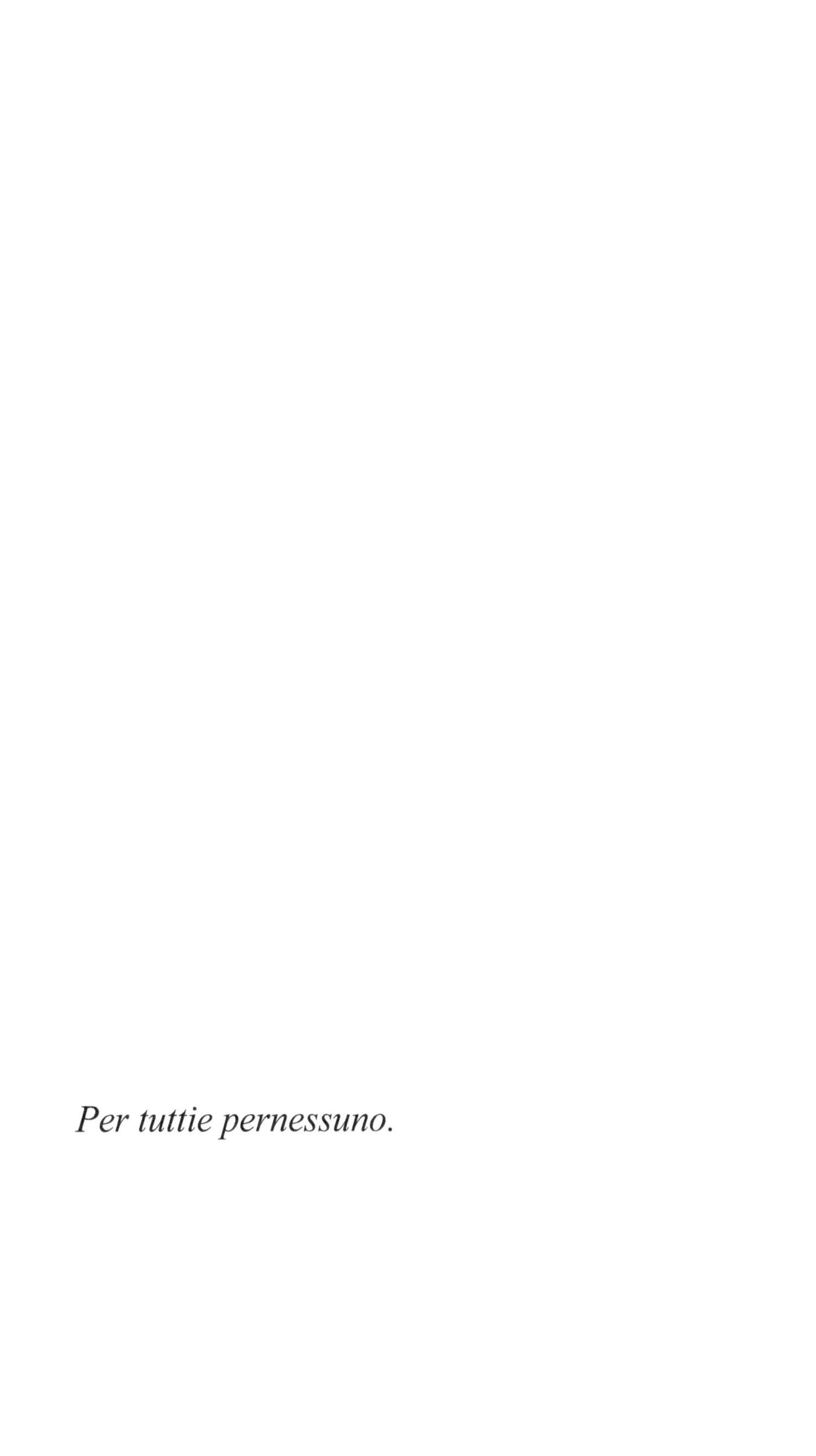

*Per tuttie pernessuno.*

## Postfazione

*Come ho smesso di essere Dio* sembra
il titolo di un libro di memorie o un
romanzo. Ad aprilo e sfogliarlo, però,
la prima impressione che abbiamo è
che si tratta di un libro di aforismi.
Tuttavia, mentre un aforisma è qualcosa
di completo in sé stesso, alcune delle
frasi che compongono *Como ho smesso
di essere Dio* sono frammentari. È
così, per esempio, la frase 7, che dice
"Egli pensa di essere Dio, ma è solo un
povero diavolo. (...): i pazzi conservano
tristezze ancestrali". I puntini di
sospensione tra parentesi indicano,
appunto, che si tratta di un frammento.
All'interno di quel frammento, l'uso del
grassetto dopo i due punti stabilisce una
distinzione enigmatica tra le sue due
componenti: forse la frase evidenziata
è gerarchicamente superiore l'altra;
forse consiste in una citazione; o
forse non è niente del genere e vi sia
un'altra spiegazione alla quale non
abbiamo ancora raggiunto l'evidenza.

Comunque, questo dispositivo accentua il carattere frammentario della frase in questione.

Qualcosa di simile deve essere osservato riguardo il libro nel suo insieme. Vi è naturalmente, qualcosa di aperto in ogni libro di aforismi. Si può presumere che sarebbe possibile cancellare e/o aggiungere alcuni aforismi su un libro del genere, senza che perda la sua tonalità, cioè l'unità specifica della sua totalità. Di fatto, per lo stesso motivo, normalmente non si può dire che un libro di aforismi non costituisca, a suo modo, una totalità. Ora, anche in questo punto, *Come ho smesso di essere Dio* è diverso dai libri di aforismi tradizionali. Già il prologo è frammentario. Inoltre, il libro inizia con l'aforisma n° 3, di cui passa al numero 7, e prosegue, in ordine di successione, fino al n° 41, da dove salta al n° 43, ecc. Dunque, benché secondo i miei calcoli il libro contiene circa quattrocento aforismi, l'ultimo è di

numero 2046. *Come ho smessodi essere
Dio* si presenta, quindi, come se fosse
costituito da una selezione di frammenti
– e spesso come abbiamo visto, di
frammenti di frammenti – di un libro
o di un quaderno a cui non abbiamo
accesso. Qui tocchiamo la differenza
tra aforisma e frammento: nessuno
dei due, né l'aforisma né il libro degli
aforismi indicano necessariamente
un'altra totalità, oltre ciò che essi
stessi costituiscono; il frammento a sua
volta, indica una totalità assente – che
sia persa o da conquistare ancora, o
fittizia, o tutte queste cose – di cui è il
frammento.

La totalità assente può essere un libro
di aforismi; ma può anche essere un
quaderno di appunti o un diario o un
libro di ricordi; e può essere concepito
come stato scritto dall'autore stesso
o da un suo personaggio: può, in altri
parole, essere fattuale o fittizio. Sarà
importante per il lettore scegliere una di
queste possibilità e escludere le altre?
Io non la penso così. L'importante è

che tutte queste possibilità si offrano a lui. Questo si rivela nell'illuminante confusione del frammento 1325: "(...), non scrivo sulla mia vita perché credo di vivere un'altra vita quando scrivo". Inoltre, come gli aforismi, i frammenti di aforismi, essendo al contempo pensiero e immagine, comprensione e sentimento, particolarità e universalità, sfuggono a tutti i generi.

In questo modo, torniamo alla prima impressione che abbiamo menzionato, cioè che *Come ho smesso di essere Dio* è un libro di ricordi o un romanzo. Per lasciarci orientare dal titolo, è un libro che descrive il processo (reale o immaginario) con cui il narratore (reale o immaginario) lascia (nel senso letterale o metaforico) di essere Dio. Il frammento no 1363 sembra confermare questa tesi. Dice: "Sono a un passo per diventare un essere umano. Per molto tempo mi sono sentito come se fosse un dio qualsiasi". In questo senso *Come ho smesso di essere Dio* può essere preso come una specie di *Bildungsroman*, cioè di un romanzo educativo o formativo, che narra frammentariamente il processo – esso stesso frammentario – attraverso il quale chiunque può diventare o accettarsi come un essere umano.

Se intraprendiamo questa interpretazione, l'epigrafe di Hölderlin – "L'uomo è un dio quando sogna ma un mendicante quando riflette" –, il cui primo significato per il poeta tedesco doveva esaltare l'immaginazione rispetto alla comprensione deve, ricontestualizzato, acquisire un altro significato. In tal caso, se l'uomo è un dio quando sogna, è perché sogna essere un Dio Nel risvegliarsi e riflettere, dunque, conosce e riconosce la sua finitudine e temporalità, in contrapposizione all'infinito e all'eternità con la quale sognava. Come il frammento no 1821, "Ha recuperato la salute mentale solo dopo aver dato addio agli dèi. Il pensiero è il sentimento del mondo, non del tempo". Anche l'onniscienza era un

sogno. La conoscenza assoluta non è
disponibile all'uomo e tutto ciò che
sa sono briciole mendicate alla realtà:
frammenti che, quando felici, evocano
soltanto l'irraggiungibile. Tuttavia,
per raggiungerli, è necessario essersi
già svegliati dal sogno di essere
Dio e abbracciare la finitudine e la
temporalità. Sarà forse per questo che,
in un certo senso, è il tempo il vero
tema di questo libro.

Ma che il lettore non fraintenda:
incoraggiato per alcuni dei suoi
pensieri, sono finito per non resistere
alla tentazione di esprimere qui,
sebbene in modo molto schematico, la
mia interpretazione dello stile di *Come
ho smesso di essere Dio*. Comunque, è
solo una delle innumerevoli possibili
interpretazioni. Nel frammento n° 1321,
l'autore chiede: "Quanti dei miei lettori
si rendono conto che questi scritti
possono essere compresi nel modo in
cui lo si desidera?"

Rispondo: i veri lettori. Ognuno di loro
sicuramente metterà in discussione

ogni frammento da solo: chiederà se è
vero; e in che misura; e in quale modo
si articola con gli altri; a quali altri
testi allude; quali sono le conseguenze
che ne derivano; ecc; e lo stesso farà
riferendosi al libro nel suo insieme.
È precisamente l'intensa capacità di
istigare la sensibilità, il pensiero e
l'immaginazione che costituisce il più
grande fascino di *Come ho smesso di
essere Dio*.


Antonio Cicero

**Pedro Maciel** è scrittore, giornalista e artista visivo, autore dei romanzi "L'ora dei naufraghi", ed. Bertrand Brasile, "Come ho smesso di essere Dio", ed. Topbooks, "Predizioni di un cieco", ed. LeYa, "Ritornare con gli uccelli", ed. LeYa e "La notte di un illuminato", ed. Illuminazioni, tra gli altri.

www.ingramcontent.com/pod-product-compliance
Lightning Source LLC
Chambersburg PA
CBHW072233150726
48002CB00005B/2076